NOTICE

DE

DESSINS

D'APRÈS NATURE

LITHOGRAPHIÉS SUR PIERRES

Par feu J. DELARUE

PEINTRE D'HISTOIRE NATURELLE

IMPRESSIONS EN NOIR, TEINTE ET COULEUR

LITHOGRAPHIES EN NOMBRE

ET PAR LOTS

Œuvres de CALAME, Chevaux d'Alfred de DREUX

DONT LA VENTE AURA LIEU

HOTEL DES COMMISSAIRES-PRISEURS

Rue Drouot, n° 5

SALLE N° 3, AU 1er

Le Mercredi 26 Juin 1861, à 1 heure précise.

Par le ministère de Me DELBERGUE-CORMONT,
Commissaire-Priseur, rue de Provence, 8,

Assisté de M. VIGNÈRES, Marchand d'Estampes, rue de la Monnaie, 13,
entrée rue Baillet, 1, à l'entresol,

Chez lequel se délivre la présente Notice.

EXPOSITION PUBLIQUE DES ÉPREUVES DES PIERRES

Avant la Vente, de midi à une heure.

PARIS — 1861

CONDITIONS DE LA VENTE

Elle sera faite au comptant.

Les Adjudicataires paieront, en sus du prix d'adjudication, CINQ POUR CENT applicables aux frais.

Reçu de Mr Pignou La Somme
de 76 f 80 Sur Mont conte
Pour estempe Rendu le 25 Jenvier 1861 — Delogeais fils

145

Reçu de Mr. Figuières les Sommes ci après :
Pour mon Compte . — 649 — 45
Pour celui de M. Dufac — — 32 . 35
                                                        ______
    ensemble Six cent quatre vingt un francs 80 cent. 681 — 80

pour la vente faite le 26 juin dernier .
                            Paris le 10. Juillet 1861.

                                    Cottier

Mad. Delarue	1297 50		
M. Cattier	payé	785 75	132 55	649 45
M. Dufas son Gendre payé	39 ..	6 65	32 35
M. Lelogeais	payé	95	16 15	76 80
H.N. 90 ornemens	20	3 40	16 60
Desmousseaux portefeuille	3 50	60	1 90

944. 75   2240 75

frais 17 %

160 60
158 35
2 - 25

159 35

DÉSIGNATION

1 Musée des Lépidoptères, collection des plus beaux papillons des quatre parties du monde, 20 pierres 12-16, et une pour couverture. 240 épreuves coloriées.

2 Musée J. Delarue, série de sujets variés d'histoire naturelle pris dans les trois règnes de la nature; 15 pierres 12-16 et une pour couverture, chaque feuille contient 2, 4 ou 8 sujets, album de 30 feuill. 906 épreuves coloriées.

3 Etudes d'animaux dans le paysage, par J. Delarue, oiseaux, 20 pierres, 20 pour teinte, 2 pour titre et couverture, en tout 42 pierres, 46 épr. coloriées, 43 avec teinte rehaussée, 29 en noir. En tout 118 épreuves.

4 Musée Ornithologique, collection d'oiseaux de toutes les parties du monde, par J. Delarue, 24 pierres 10-12 et une pour couverture. 615 épr. coloriées.

5 Galerie des Mammifères, dessinés et lithographiés par J. Delarue, 32 pierres 10-12, 16 pour les teintes des deux côtés, 2 pour titre. En tout 50 pierres. 2,623 épr. noires, 1,358 avec teinte, 775 teinte rehaussée, 290 épreuves couleur. En tout 5,046 épreuves.

6 Amitié du jeune âge, enfants tenant chien et chat, 2 pierres 10-12, 2 pour teinte. 4 pierres.

   Chaque ouvrage a ses modèles de coloris faits d'après nature.

   Toutes ces collections forment de très-jolis albums.

SUPPLÉMENT

7 Costume, mode de dame, robe à trois volants. 97 épr. lithogr. par Lacauchie, colorié.

8 Voiture et cavaliers prêts à partir pour la chasse, lithog. avec teinte. 97 épr.

9 Vues de Versailles, par Jaime : le Château et l'Orangerie. — Fontaine dite Pyramide. — Le Miroir, 3 p. En tout 210 épr.

10 Oiseaux de chasse, canards sauvages. — Hibou et éperviers. — Faisans coqs et poule. — Vanneaux. — Bécasses et perdrix. — Hérons, 6 sujets lithog., par Jaime, avec teinte, 506 épr. noir. — 78 épr. avec rehaut. En tout 584 épr.

11 Vues de Naples, par Eug. Ciceri: Château de l'Œuf. — Plage du cap Misène. — Côte de Pausilippe. — Capri. — Ischia, 8 vues différentes lithog. avec teinte. 619 épr.

12 Christine de Suède abdiquant en faveur de Charles Gustave, 36 épr.

13 Marie-Thérèse se confiant aux Hongrois. 39 épr.

14 Marie Stuart signant son abdication, 29 ép.

15 Philippine de Hainaut obtenant la grâce des notables de Calais, 31 épr. Ces quatre grands sujets sont d'après Fragonard, lithogr. grand in-fol.

16 Costumes du quadrille historique des bals de l'Opéra, lithog. par Devéria, d'après Boulanger, Delacroix, Dupont, Johannot, Lami, Robert Fleury, Ziegler, avec entourage de Chenavard. 18 p. dont le titre.

	18	Costumes Deveria		2	50
	25	Alphabets de Grevedon		1	75
	18	Costumes Bal del'Opera		1	50
Dufat	53	pieces		4	50
	18	Opera		1	50
Dufat	25	pieces		1	50
	25	alphabets Grevedon		1	50
Dufat	27	Couleur		4	50
	18	Opera		1	50
Dufat	51	pieces		3	
	55	Deroy roquies		1	50
	46	divers		1	50
	18	Opera Couleur		8	
Dufat	16	dont 2 Mezzo tinta		1	
	18	Opera		1	50
Dufat		lot de Potichomanie		2	
Dufat		10 pieces Potichom	Vigneux	1	
	50	Lithographies		1	
	50	d°		2	
	10	d°	Vigneux	1	
	18	Opera		2	
	18	Grevedon		1	50
				47	75

	Report	47	75
50	Lithographie	1	
7	pièces Couleur	2	
18	Opera	2	
13	Couleur	1	50
13	Exemplaires Opera complets noir	24	50
7	pièces Couleur	2	
6	têtes Couleur	2	50
11	Couleur	4	
22	Couleur	3	
22	Couleur	4	50
40	Couleur à 4 sujets	10	50
18	têtes Couleur	3	50
24	Vues de Naples 2. Exempl.	1	50
57	Défait opera	4	50
25	Alphabet Grevedon	2	
2. Ex.	de 18 Opera Couleur complets	15	
1	portefeuille moyen bon	2	50
1	Grand portefeuille et le mauvais Dufoe	4	
Delarue 1	portefeuille à Bavette Mad. Delarue	1	50
Desmousseaux	portefeuille à toiles Desmousseaux	3	50
		143	25

M. L

	25	Vignettes Fénelon — Vignem	1	
	37	Couleur	8	
	42	Soldats	2	
	21	Bellanger	3	
	104	Grandville	2	50
L.	33	Grandville Couleur	6	
L	37	d°	3	
	20	d° Les fleurs	2	50
	39	Gavarni	1	
	64	d°	2	
	217	Couleur	9	
	14	Eaux fortes	2	50
	20	Artiste	4	50
	50	Artiste	6	
	52	Artiste	7	
	80	Art industriel	6	50
	25	Artiste et autres	1	50
	109	gavarni	6	
	50	Gavarni	6	
	62	Gavarni Couleur	6	
	85	Gavarni et Bouquet	6	
	28	Monte Christo	2	
	38	Bois	1	

25 Vignettes fénelon 1 - 05
Transport 1
frais à %

T 95

Bordereau

	10	Potiches		1	
	10	divers		1	
47	20	hommes du jour		5	50
63	20	petit portrait		3	50
63	20	portraits Orléan		3	
63	20	portraits		5	
63	14	״ noir et couleur		5	50
66	18	têtes couleur		4	50
69		le feu du ciel		3	50
75	25	Vignettes Fénelon		1	

f 33 50
1 70
f 35 20

17 Six pas caractéristiques de la danse, par Ed. de Beaumont. 6 p. lithog. avec teinte.

18 Campagne de Crimée, par Guérard, 7 p.

19 Etudes d'ornements aux deux crayons, par Bilordeaux. 63 p. avec teinte.

20 L'Industrie artistique, ornements, par E. Julienne, 47 p.

21 Encyclopédie de l'ornement, par Malapeau, 23 p.

22 Le Peintre de marines. 6 p. par Sabatier et Lauvergne.

23 Marine militaire et marine marchande française au XIXe siècle. 25 p. par Morel Fatio, complet.

24 Marine militaire et marchande. 24 p. coloriées, par Morel Fatio, pour *modèles* de teinte, exemplaire unique.

25 OEuvre de Calame, 108 lithogr. avec teinte. Très-bel exemplaire.

26 Le Peintre de genre, par Ferdinand Marohn, 12 p. Complet, avec teinte.

27 Etudes d'animaux, d'après les maîtres, par Jaime. 12 p. avec teinte. Complet.

28 Chasses anciennes, d'après les manuscrits des XIVe et XVe siècles, par Ch. Aubry, 1837. 12 p. Complet.

29 Histoire pittoresque de l'équitation ancienne et moderne, par Ch. Aubry, 24 pl. et texte. 27 p. Complet.

30 Têtes et académies avec et sans ton, par Julien et autres. 29 p.

31 Sujets religieux. 82 p. Pourra être divisé.

—32 Sujets religieux, par Tardieu et transport sur pierre. 48 p.

—33 Sujets gracieux, Mère et enfants, etc. 26 p.

—34 Vues d'Italie, par Lindmann Frommel. 35 p. Sur différents tons et rehaut de couleur.

9 50   **35** Roses et boutons, groupes de jeunes filles, par Brochard. 5 p. avec ton, entourages en or.

3 50   **36** Alger, par Lessore et Wild. 22 p.

4   **37** Célébrités historiques et autres bustes de femmes, par Devéria et Lassalle. 19 feuilles à quatre sujets.

1 3   **38** Les Mille et une femmes à choisir. 30 feuilles de deux à vingt-quatre motifs.

7 50   **39** Sainte Famille, d'après Raphaël. Lithogr. par Collette. Ép. avant la lettre. — La même ép. sur Chine, avec la lettre.

1 50   **40** L'Éducation au bon vieux temps. 6 p. d'ap. Geniole.

3 50   **41** Vues d'Amérique, New-York, Niagara, etc., par 4   Kolner. 14 p.

6 50   **42** Alger, Marseille, Toulon, Hambourg, Rio-Janeiro. 6 50   5 p.

5   **43** Nouvelles Études de marines, par Sabatier, d'après 3 50   Isabey. 6 p. grand in-folio, avec ton.

5 50   **44** Tableaux de marines, par Sabatier, d'ap. Isabey. 4 p.

4 50   **45** Les Touristes, par Guérard. 5 p. in-fol.

5 50   **46** Musée des rieurs, Si jeunesse savait, Si vieillesse pouvait, les Dégustateurs, Tout est perdu, la Douane, Sauve qui peut. 6 p. in-fol.

17   5 50   **47** Les Hommes du jour. Lithog. in-fol. par Menut-Alophe. 118 portraits. Sera divisé.

9 50   **48** Célébrités contemporaines, Musée Omnibus, etc. 40 p. Sera divisé.

14   **49** Études aux deux crayons par Ferogio, Julien, etc. 40 p. Ornements, Têtes, etc.

1 3   **50** Paysages et Plantes, lithog. par Calame. 28 p. retouchées au blanc par lui-même.

942 75

75 ep			
15.50	Affiches et affichage _1.50_	10	50
	Déclaration de vente	1	70
	Insertion au Moniteur des Ventes	7	10
	Timbre du procès verbal	2	50
	Enregistrement	23	30
	Versement à la bourse commune		30
	Honoraires Com. Priseur		80
	Clerc crieur homme de peine	12	
301	½ location de la salle _2.75_	17	25
	Transport de la maison du pont de fer	3	
200 19/	½ Catalogue et distribution	14	50
	Honoraires Vigaux		50

201 85
Déduction des 5 %   47 25   154 60

transport de chez moi at l'hôtel   2 50   790 15

1 Main de papier chemise   1 25   3 75

3 75   786 40

154 60
3 75
158.35

frais a raison de 17 %

66 19 têtes de Grevedon   5 50
—   20 têt...   4
—   20 têt...   7
—   20   6
... 18

51 Paysages, par Calame, 10 p. Tableaux d'Italie, 2 p.
En tout, 12 très-belles épreuves.   25

52 Études de chevaux, coloriées. 6 p.   2

53 Sujets de chevaux, par Alfred de Dreux. 10 p. dont
2 coloriées.   3   50

54 Motifs équestres, d'après Alfred de Dreux. 18 p.
avec ton.   20

55 Chevaux lithog. par Alfred de Dreux. 13 ép. retouchées au blanc et couleur, par lui-même.   7

56 Chevaux, par Alfred de Dreux. 25 p. avec ton.   5   50

57 Les Amazones, d'ap. Alfred de Dreux et Horace
Vernet. 11 p.   12

58 Souvenirs de l'Hippodrome, 4 p. — Écuyères, d'ap.
Guérard, par Giroux et Sabatier.   3   50

59 La Pêche, l'Avalanche, le Guet, etc. 4 lithogr. par
Guérard, 1851. *6 p*   5

60 Vignettes anglaises. 70 p. Sera divisé.   11 2 50

61 L'Ornement, petite encyclopédie par Collette. 80 p. 5 50

62 Ornements, Fleurs, Meubles, etc. 24 p.   2

63 Portraits d'actrices et Têtes de femmes, par Grevedon. Environ 80 p. Sera divisé.   3

64 Musée royal de costumes lithog. par Devéria. 134
modèles de coloris, la plupart de Meilhac.   50 2

65 Le Maître à danser, par Anaïs Colin. 18 p. coloriées,
modèles la plupart de Meilhac.   3   50

66 Têtes de femmes de Grevedon. Modèles de coloris,
la plupart de Meilhac. *18*   4   50 Vuy

67 Vues d'Égypte, de Roberts et Haghe; Espagne,
Belgique, Allemagne, etc. 70 p., lithog. artistiques
avec ton. Sera divisé.   38

68 Vitraux de Bourges, lithog. par Giniez. 4 p. impri-
mées en couleur.   6   50

69 Le Feu du ciel, grande et belle lithogr. par L. Boulanger. Sur Chine, rare.   3   50 Vuy

63 20 petits portraits   3   50 Vuy
—   20 Orléans   3   Vuy
—   20   5   Vuy
—   14 noir et couleur   5   50 Vuy

70 Jeunesse de Rousseau et de Voltaire, d'après Steuben, gravé par Blanchard et Lefèvre. 2 p.

71 Général Foy, d'ap. H. Vernet, gravé par Lefèvre, sur
Chine. — Napoléon, d'après Steuben, par Lefèvre.
2 portraits in-fol.

72 Ornements anciens de Lafosse, Boucher, Pillement,
Percier et Fontaine. 71 p. Pourra être divisé.

73 Voitures, XVIIIe siècle, d'après Haberman. 3 p. rares.

74 Costumes d'ap. Saint-Aubin, Watteau fils. 4 p. et
2 arabesques, d'ap. A. Watteau. 6 p.

75 Sous ce numéro, l'on vendra les lots non cata-
logués, lithographies noir et couleur, costumes ita-
liens, etc., etc.

Renou et Maulde, imprimeurs de la Compagnie des Commissaires-Priseurs,
rue de Rivoli, 144.   3961

RED. :

17

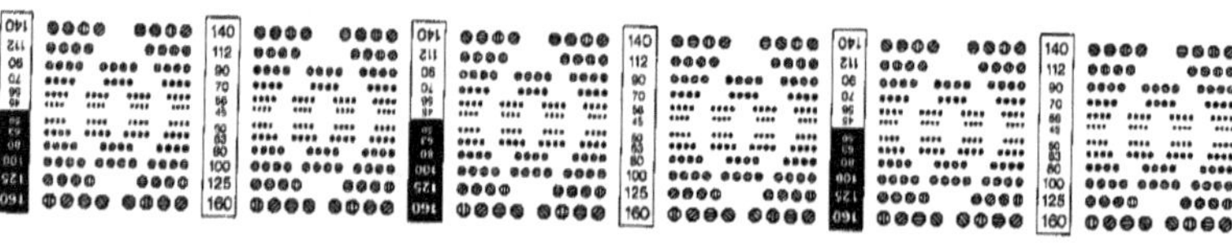

379.89.70
graphicom

0 1 2 3 4 5 6 7 8 9 10

MIRE ISO N° 1
NF Z 43-007
AFNOR
Cedex 7 - 92080 PARIS-LA-DÉFENSE

BIBLIOTHEQUE NATIONALE DE FRANCE

****

CHATEAU DE SABLE

1995